KB138907

얼떨결에

고증식

시인의 말

타박타박 걸어 어느새 고갯마루 이르렀다.
돌아보니 어느덧 갑년,
아홉 살짜리 두고 아버지 떠나시던 그해가
지금의 딱 이 나이다.
아버지 못 가보신 길을 이제부터 시작한다.
새소리 듣고 바람의 노래도 흥얼거리면서
우짜든지 따뜻하고 유쾌하고 뭉클하게!

2019년 초여름

고증식

얼떨결에

차례

1부 사실은 무서워서 그랬단다

해설

1부

사실은 무서워서 그랬단다

주렁주렁

그녀의 반짝이는 눈
그녀의 해맑은 웃음
그녀의 유난히 작은 키
그녀의 좁은 어깨에 매달린
세 살배기 쌍둥이 아들과
신용불량자 애기 아빠
혼자된 팔순 시어머니
누워 지내는 친정엄마
새벽까지 문 닫을 수 없는
그녀의 작은 포장마차에
늦가을이 한창이다

어미

이 숲을 벗어난 고양이 일가족 줄줄이 아스팔트 길 건너 저쪽 숲으로 떠밀려간다 차가 달려오자 앞장서 가던 어미 고양이 화들짝, 온몸을 날려 다섯이나 되는 새끼 고양이들이 길을 다 건널 때까지 바퀴를 막고 서 있다 어디서 많이 본 풍경이다 홀어미 손으로 키워낸 우리 오 남매

얼떨결에

나이 팔십에 여주 당숙은
다신 수술 안 받겠다 선언하고
두 해쯤 더 논에서 살다 돌아갔다
누구는 애통해하고
누구는 대단한 결단이네 평하지만
사실은 무서워서 그랬단다
얼떨결에 한번은 했지만
수술받고 깨어날 때 너무 아프더란다
이건 조카한테만 하는 얘기지만
치과도 안 가본 놈이 선뜻 따라가고
남자들 군대도
멋모를 때 한번 가는 거 아니냐고
얼떨결에 세월만 갔지 나이 먹었다고
다 깊어지는 게 아니더라고
죽을 때도 아마 그럴 거라고
얼떨결에 꼴까닥하고 말 거라고
그렇게 얼떨결을 노래하던 당숙은
내년에 뿌릴 씨앗들 골라 놓고

앞뒤 마당도 싹싹 비질해 놓고
그 길로 빈방에 들어 깊은 잠 되었다

고물, 고물들

완행버스 온통 전세 내고 앉은
번데기가 다 된 할머니 둘
뭐라 뭐라 아까부터 핏대 한창 드높다
 - 내사 안 팔 끼다
 - 와, 금 좋을 때 팔지
 - 아무리 캐싸봐라 더 오리먼 팔 끼다
 - 와카노, 지금 파는 것도 괘안을 낀데
 - 아이다, 내 우예 모은 새끼들인데
처음엔 말린 고추 얘긴 줄 알았다
남들 다 한다는 펀드라도 되나 하다가
땅뙈기 정도는 되나 보다 생각했다
가만히 더 들어보니
골목골목 뒤져 모은 고물 이바구다
털털털 고물 버스에 실려가는
곧 부화할 할머니 둘,
고물로 접어드는 희끗한 사내 하나

타박타박

엄마 따라 소 팔러 가던 길
엄마는 고삐를 잡고
열 살 나는 엄마 치마폭을 잡고
삼십 리 신작로 길 타박타박
우시장 가던 길
한여름 뙤약볕 아래 매미는 울고
송아지 딸린 암소 한 마리 사서
다시 타박타박 되돌아오던 길
천둥처럼 트럭이 지나가면
엄마는 코뚜레를 바투 쥐고
겁먹은 나는 송아지 허리를 안고
잿빛 흙먼지 뒤집어쓰던 길
천방지축 들고뛰던 어린 송아지
저, 저눔 송아지
저 송아지 좀 몰아오너라
논두렁가 샘물로 목을 축인
어머니 쨍한 고함소리 들리던 길
부사리 떼 남정네들 들끓던 장마당

그 우시장 근처 처마 밑에서
우리 모자 머리를 맞대고
김 나는 국밥 한 그릇 퍼먹던
아버지 떠나시던 그해 그 길 따라
어느새
오십여 년을 타박타박 걸어온 길

초식동물

장사 끝난 죽집에 앉아
내외가 늦은 저녁을 먹는다
옆에는 막걸리도 한 병 모셔놓고
열 평 남짓 가게 안이
한층 깊고 오순도순해졌다
막걸리 잔을 단숨에 비운 아내가
반짝, 한 소식 넣는다

 - 죽 먹으러 오는 사람들은
하나같이 다 순한 거 같아
초식동물들 같아

내외는 늙은 염소처럼 주억거리고
한결 새로워진 말의 밥상 위로
어둠이 쫑긋 귀를 세우며 간다

국숫집 앞에서

어릴 적 동네 국숫집 앞을 지날 때면 마당 가득
햇살처럼 내걸린 면발들 발걸음을 붙잡곤 했지 그
안에 들어서서 긴 면발을 부러뜨리지 않고 아래서
부터 톡톡 베어 먹고 싶다는 생각을 해본 것도 같
아 돈 주고 사는 거라면 무엇이든 귀했던 시절 국수
라도 한 다발 사다 끓이는 날이면 부엌 아궁이 앞에
쪼그려 앉아 잔칫집 분위기를 느끼곤 했지 호박이며
부추를 데치고 볶는 일도 그러했지만 노랗게 부쳐지
는 달걀지단은 눈과 코를 동시에 잔칫집 안에 들여
놓는 일이었어 요즘도 나는 잔치국수를 제일 좋아하
지 끓는 물속에 유유히 빠져드는 흰 면발들을 보노
라면 뻣뻣하던 것들이 어떻게 고분고분해지는지 톡
건드리기만 해도 부러지던 그 연약한 것들이 어떻게
물을 만나 통통해지고 유연해지는지 다 보인다네 가
끔은 그런 국수가 부럽기도 하고 부끄럽기도 하니
국수라는 간판만 봐도 구미가 확 당기는 건 당연한
일이지 그래서 말인데 나약한 내 팔다리도 거친 듯

부드럽고 차가운 듯 따사로운 물 한 방울 만나 갱생의 꿈 다시 솟아날 수 있다면 얼마나 좋을까

가슴이 먼저

딸아이와 한바탕하고
가방 싸서 집 나간 엄마
그래 나 없이 어디 잘살아 봐라
되는대로 몇 자 적어 놓고
참말이지 삼대 구 년 만에
훌쩍 친정집 기차 탄 엄마
나쁜 가시나
돈 처들여 키워놨더니
따박따박 따지고 들기나 하고
사과 안 하면 내 절대 오나 봐라
딸도 엄마도 며칠째 신경전인데
가시내야, 그게 아니란다
니들은 머리로 엄말 대하지만
엄만 가슴이 먼저란다
늘 그게 먼저란다

수술대에 누워

너무 걱정하지 마세요

마취가 시작되기 전
의사가 말했다
잘 부탁합니다
조명등 아래 내가 말했다
겁은 나지 않았다
마지막 길도 이랬으면

사소한
바람 한 줄기 지나갔다

동창회

꼭지까지 물들기 시작한 단풍잎들
파릇한 잎새로 모여든다
다시 고만고만해진 얼굴들마다
풀풀 새어 나오는 연두 향
자식 자랑도 한물간 자리에
손주 재롱 침이 마른다
무성하던 초록의 날들도
이젠 자랑이 되지 못하는 나이
주목, 주목, 여기들 좀 보라니까
아직도 글래머 몸매인 우리 순자 씨
갑자기 털기춤으로 좌중을 녹여도
흥이 되지 않는 나이
생전 처음 얼굴 내민 녀석이
불쑥 고지서 같은 청첩을 디밀어도
애교로 받아주는 자리
새파란 할매 할배들 반반씩 모여
우리 인생 지금부터 아니냐고

이만큼 했음 됐지 않느냐고
새 출발 위해 우리 건배나 하자고!

아름다운 퇴장

패티 김의 은퇴 공연을 보는데
자꾸만 눈시울 젖는다
그 노래 슬퍼서가 아니다
그녀 떠나는 게 서운해서도 아니다
영원한 가을을 남긴 채 돌아서는
참 보기 드문 저 뒷모습 때문이다
아직 한창이라 팬들은 난리지만
그녀는 말한다
지금보다 잘 부를 수는 없노라고,
지금이 가장 빛나는 순간이라고,

나는 자꾸만 흐려지려는 눈을 들어
큰 산을 잘 내려온 그녀가
이젠 동네 할머니들과 어울려
노래방도 가고
손주들 손잡고 흥얼흥얼
할머니로 살아갈 날들을 그려본다

어떤 기부

농협에 갔다 온 아내가
불현듯 자전거를 끌고 다시 나선다
인출기 안에 돈은 그냥 두고
통장만 들고 나왔단다
혹시나 혹시나 부르르 다녀와서는
나도 이젠 늙었나 봐, 다 됐나 봐,
가슴 퍽퍽 쳐댄다
그 한숨 너무도 깊어
술이나 한잔 사주마고 나갔다
맥주 두 병에 소주까지 한 병
잘 섞어 마시고 돌아와서는
그 돈,
없는 사람한테나 갔으면 좋겠단다
이게 웬 돈이래?
동그래진 눈으로 쌀 사다가
밥 한 상 잘 먹었으면 좋겠단다
맘 좋은 하느님 있어
기부 한번으로 쳐줬으면 좋겠단다

순정

　윗집 사시던 명이 양반 오늘 새벽 농약 한 병 자셨
다 팔순이 다 되도록 담배는커녕 술 한잔 입에 대지
않던 교과서 같던 양반 십여 년 전 마나님 먼저 보내
고도 윤기 나게 살림 챙기며 어제까지도 공사장 잡
부로 팔팔하던 그 양반 무슨 말 아직 남았을까 머리
맡 입술 달싹이고 선 저 그라목손 빈 병 하나 근자
에 만나는 새 마나님짜리 있었다던데 불붙는 봄소
식 따라 복사꽃 한 장 피었다던데 같이 늙어가는 아
들 딸년 달려들어 죽어라고 막았다는 인연 앞에 보
란 듯 세워놓은 저 냉가슴 하나

너무 짧은 개화

마을 앞 당산나무 같던 그이는
서러운 등 돌려 먼저 떠나고

종갓집 장독 같던 그녀는
가정을 깨고 나가 소식 한 장 없다

몇 푼 돈 갚지 못해
멀리 내 집 앞 둘러가는 이도 있다

속수무책 사람들 떠나는 자리에
화인처럼 떨어져 내리는
꽃잎, 꽃잎들

말의 못

그동안 박아놓은 못들로
바람벽 한쪽이 빽빽하다
어느새 피딱지 말라가는 상처에
여전히 침 세워
가슴 한쪽을 쿡쿡 찔러대는 것들
그 못들 위에는 대부분
절대 안 돼,라거나
결코 용납할 수 없어,라거나
단정의 투구가 씌워져 있다
하지만 여전히 모를 일이다
절대나 결코를 지켜내는 일이
살면서 가능키나 한 일인지
단정의 못 꽝꽝 박아놓고
이리 헐겁게 살아도 되는 것인지
어느새 저만치 노을빛 내리고
이젠 꿇어 엎드려
박힌 못들을 뽑아야 할 시간
바람벽 한쪽이 바르르 떨고 있다

투사의 탄생

고엽제 전우회 명패를 목에 걸고
맹호부대 파월용사 우리 아재
요즘 많이 바쁘시다
병원에 누워서도
마음은 태극기 집회에 가 있고
삼성동 골목에도 가 있다
다달이 몇 푼 병원비에 감읍하여
카톡에 밴드에
여기저기 가짜 뉴스 퍼 나르고
아들딸 사위 며느리
철없는 어린 것들 맘이 안 놓여
시국강연에 여념 없다
한창때 같았으면
가스통이라도 메고 나섰으련만
고엽제로 꺾인 허리
성조기 한번 원망하지 않는다
코흘리개 적부터
종질이라면 끔찍이도 챙기더니

답장 한번 안 줘도
젤 먼저 나한테 카톡 보낸다
제발 쓰레기에 홀리지 좀 마시라
보다보다 한 줄 보냈더니
들었는지 말았는지 또 까똑 까똑
그렇게도 동심이더니
그렇게도 천심이더니
기형의 시대가
투사 하나 멋지게 낳아 놓았다

2부

평생을 웃음 한 줄로 요약할 수 있다니

따뜻하고 유쾌하고 뭉클하게

　좋은생각 편집자는 머리글 한 편을 청탁하면서 '따뜻하고 유쾌하고 뭉클하게'를 함께 주문했다 따뜻하고 유쾌한 데다가 뭉클하기까지 한 글이라니, 니가 써보세요 그런 글! 목 밑까지 대꾸가 올라왔으나 꾹 눌러 참고 그날부터 나는 따뜻하고 유쾌하고 뭉클한 글을 찾아 온통 머릿속을 헤집고 다녔는데 그게 뭐 그렇다고 아무리 허덕거려 본들 하루아침에 솟아날 리도 없는 것이고 그나저나 한동안 따뜻하고 유쾌하고 뭉클함만을 가슴에 품고 다녔더니 어느 순간 나도 누군가에게 따뜻하고 유쾌하고 뭉클하게 한 번 살아보고 싶다는 생각이 간절히 드는 것이었다

폐지 줍는 비둘기

수시로 가게 앞을 기웃거리는
만나기만 하면 아옹다옹 긁어대던
하얗게 휘고 굽은 비둘기 한 쌍

어느 날부턴가
서로 마주치는 법 없이
마주쳐도 서로 쳐다보는 법 없이

큰 박스 작은 박스
사이좋게 나눠 물고 사라지는

착 꼬부라진 유모차 한 대
꼬랑꼬랑 삭아가는 자전거 한 대

어린 소도둑

누렁소 한 마리 트럭에 실려간다
차가 흔들릴 때마다
온몸으로 버팅기는 소

들판 가득 일거리 널어둔 채
아버지 긴 병상 접으셨을 때
새끼를 세 배나 친
식구 같던 암소마저 실어 보내고
마침내 소가 되어버린,
암소 한 마리 다시 사 넣는 일이
전부가 되어버린
어머니는
비가 오나 눈이 오나
쟁기를 목에 걸었다
그때 난 아홉 살 어린 송아지
텅 빈 외양간 주변을 맴돌며
어서어서 씨암소 한 마리 되고 싶었는데
그때마다 꿈속에선

우두두 소 떼를 몰고 가는 소장수 되거나
우리 집 외양간 가득
구장네 살찐 암소들을 몰아넣는
소도둑이 되곤 하였다

와글와글

폴짝, 집 나온 청개구리 한 마리
여중 교실에 떴어요
끼약끼약 우당탕퉁탕
난리난리 그런 난리가 없어요
톡,탁,톡,탁,
청개구리도 놀라
여기저기 머리를 마구 박아댔지요
– 여기요 쌤, 빨리요 쌤,
할 수 없이
내 손으로 붙잡아 내보내고 나니
고 여린 놈 핑계로
한 시간이나 말아먹은
나쁜 가시내들,
아직도 들떠 있는 분위기 눌러놓고
물었지요
– 그래 인마들아,
솔직히 개구리하고 느덜하고
누가 더 놀랐겠냐

- 우리요오
아, 세상엔 온통 청개구리들 천지

두 마음

오랜 벗들한테서
한날한시 시집이 왔다

계룡산 자락에서
지리산 자락에서
한라산 자락에서

잘 익은 시집 받아들고
문득

부자가 된 것도 같고
거지가 된 것도 같고

고맙습니다아

섬김의 집에
목욕봉사 다녀온 아내
다짜고짜 양말부터 벗긴다
남도 씻겨주는데,
따뜻한 물 데워 발 끌어다 넣는다
우짜든지 오래 살아
목욕은 책임지고 시켜줄 테니
눈 한번 찡긋하는데
주절주절 지난번엔
온종일 실뭉치만 잡고 앉은
'뜨개질 할머니' 얘기더니
오늘은 '고맙습니다 할머니' 얘기다
팔을 들어줘도 고맙습니다아
물을 부어줘도 고맙습니다아
수건으로 닦아줘도 고맙습니다아
자동으로 고맙습니다아
나도 그냥 따라 해보기로 한다
청소를 시켜도 고맙습니다아

잔소리를 해대도 고맙습니다아
애들 밤늦게 들어와도 고맙습니다아
오늘 밤 우리 집은
고맙습니다아
고맙습니다아

떠다니는 봄

십 년 세월 훌쩍 넘어 선미가 왔다
학교 때 그 깔롱 다 어디 가고
들꽃 같은 차림이다
차 태워 역까지 바래다주는데
 ─ 애들 치킨이나 한 마리 시켜주세요
삼만 원을 내놓는다
파들파들 떨며 나오는 지폐에서
훅 묻어나는 엷은 갯비린내
 ─ 아가씨 생활 접고 새끼 마담 됐어요
이젠 월급제라 괜찮아요
풍문에 떠돌던 스물여섯의 산전수전이
선창가 주막거리 동백 송이로 붉다
 ─ 몸이나 잘 챙겨라
끝내 돌려주지 못한 지폐 석 장을
엉거주춤 손수건처럼 흔들고 섰는데
황사 속 난분분 꽃잎들 떨어져 내린다
통닭이나 시키러 가야겠다
엄살 심한 밥상 위에 통째로 올려놓고

다들 모여라
석삼년 지고 갈 우리 집 봄 양식이다

영업정지

동네 호프집 처마에
못 보던 현수막 하나 내걸렸다

'청소년 여러분의 뜨거운 사랑으로
두 달간의 휴가를 명 받았습니다.'

아픈 속 쓰린 속 막막한 속 다 접고
어디서 왔을까 저런 여유는

누군가의 두 달이
누구에겐 두 해와도 같은 시간

선물

여보, 락이 어매,
은행 가가 나 돈 쫌 찾아다 주소
이왕이면 빳빳한 새 놈으로
오는 길에 봉투도 몇 장 사다 주고
먼 길 달려 내 보러 온 저기 쟈들한티
인사라도 하고 싶어 안 그라나

자 그만 저물기 전에 어여들 가아
아나 여 이거 받고
내 죽었다꼬 괜히 야단들 말고
그걸로 맛있는 밥이나 한 그륵 사묵어
둘러앉아 밥 한 끼 하는 동안만
따신 밥알들맨치로 날 떠올렸다가
미련 없이 훨훨 놓아주라고

그 고모부 오늘 아침 먼 길 떠나셨다
말기 암 호스피스 병동에서의 며칠
그렇게 잘 웃더란다

이 사람 저 사람
병실에 바람만 스쳐도 벙글더란다

평생을 웃음 한 줄로 요약할 수 있다니

목욕탕에서

미라가 다 된 아비 곁에 초로의 사내
구석구석 중풍 든 몸 씻긴 뒤
펄렁거리는 몸 보물인 양 앉혀 놓고
토닥토닥 온몸 두드려 로션 발라준다
땀방울 뚝뚝 떨궈대는데
눈부셔라 활짝 핀 검버섯과
반쯤 벗겨진 아들의 반짝거리는 이마
아들의 손길 따라
아비는 다시 사람 얼굴로 돌아온다
오종종한 아들의 비루먹은 몸 어디에
저리 둥근 마음 숨어 있었을까
무심한 아비의 눈동자
산 너머 저쪽 물들이고 있다

몽당비 한 자루

학교 화장실 청소 담당 신만자 여사
학생들 8교시 수업하듯
여덟 개나 되는 화장실 혼자
오십 분 뻘뻘 땀 흘리고
십 분 종소리에 맞춰 숨 돌리는
고3보다 더 고3 같은 우리 만자 씨
삼십 년 부산역 열차 닦다
인공관절 해넣고 잘렸다는 만자 씨
어쩌다 차 한잔에도
고맙습니다 고맙습니다
세상 사람 다 고마운 만자 씨
훗날 하느님 앞에 가면
평생 지구만 닦다 왔구나, 칭찬받을
닳고 닳은 몽당비 한 자루

돈 얘기만 하다가

내 좋아하는 한 원로 시인은
아직도 내외가 돈 얘기하지 않고
아직도 처음처럼 사신단다
그보다 한참 까마득한 우리 부부는
무시로 돈 얘기만 하고 산다
매일 저녁 막걸리 한잔 놓고 앉아
새끼들 셋집 살림 걱정이며
멀리 동기간이며 이웃들 대소사에
하루도 빠끔한 날 없는 돈타령
그나마 좀 다행이다 싶은 건
아이고 돈 때문에 죽겠네가 아니라
이렇게라도 먹고사니 이게 어디야
너도 나도 먹고살기 힘들다는데
이게 어디야 이게 어디야
어둠 속에 스스로를 위로하다가
그래도 불현듯 또 한숨 솟아오르면
에구 이 사람아, 서로 눌러도 주면서

매일 밤 끝도 없고 답도 없는
돈 얘기만 하다가 잔다

파도를 보러 가다

한겨울
푸른 물결 뒤척이는
동해에 와서

나는 보았네
너와 나
그리하여 우리 온몸을 던져도
찰랑, 어디
파문 한 줄 부를 수 있으랴만

그대 어느새
내 안에 한 점으로 자라
하늘을 덮고
땅을 덮고
온 바다를 덮어버리네

균형

대학 간 아들놈 내려와
같이 밥을 먹는다

비어 있던 밥상머리 봄밤처럼 환하다
피어나는 그 얼굴 하 눈부셔
힐끗힐끗 묵묵히 수저질만 하는데
고기 접시 밀어주며
즈 엄마 한소리 넣는다
많이 먹고 가라 애야
아빠는 갈수록 볼살이 쪼그라드는데
아들놈은 갈수록 볼살 통통 물이 오르네

잔소리도 잊고
걱정도 접어둔 채
그 말 하나도 듣기 싫지 않다

나도 이제 수염을 기르련다

깎기 귀찮아 두어 달 내버려둔 수염
누구는 화가 같다 하고
누구는 시인인 줄 알았다 하고
아이들은 대뜸 노씨 성 쓰는
숙자 씬 줄 알았다고 깔깔거린다

십 년 만에 만난 장사하는 조카 하나는
무슨 교수님 같다고,
교수님에 박사님이라면 또 몰라
학교 선생이 무슨 수염이냐고,
안 잘리냐고,

터럭 하나도 맘대로 못하는 세상
나도 이제 수염을 기르련다

끄트머리

끄트머리라는 말 참 좋지요

한 생을 접고
또 다른 시작에 고리를 거는
끄트머리에는 왠지 모를
한숨과 안도와 긴장의
굵은 땀방울 묻어 있지요

아시잖아요
섣달 끝자락에 새해는 움트고
은퇴의 끝자락에서
새로운 시작은 열린다는 거
그런데 그런데요

매 순간이 시작이거나
매 순간이 끝인
둥근 끄트머리는 어떨는지요

3부

아인데예 눈물 아인데예

안부

감나무에 매달린
저 붉은 감들이 아니었으면
십일월의 하늘은
얼마나 쓸쓸했으리

해마다 잊지 않고 보내주는
그대 감 한 상자 없었으면
해 저무는 서쪽 하늘은
또 얼마나 허전했으리

연꽃 닮은 대봉감 앞에 놓고
가슴에 가만히 가슴을 대보는
늦가을 저녁

윤정식당

백 년을 내다보고 지었다는
시골 동네 별정우체국 자리
삼십 년 하루같이 산마을 지키며
햇살 소식도 전하고
궂은 비 소식도 전하고
한평생 빨간 자전거만 몰다 간
우체부 정씨 아저씨
구석구석 중매쟁이도 겸하던 곳
어느 날 우체통 옮겨간 그 자리
자연산 추어탕집 문을 열었네
그래 그런지 멀리서
옛 맛 그리운 손님들 더 찾는다는
지금도 그 집 앞 지날 때면
아스라한 먼 소식 기다려지고
까르르, 까르르, 싱그러운
한 떼의 교환 아가씨들 되살아오는
강원도 횡성의 이끼 푸른 밥집

삼월

올해도 담임을 맡았다
꽃샘추위와 함께 몸살이 왔다
뼈마디를 찔러대고
목울대를 후벼 파더니
한번 터진 기침은 창자까지 훑어
온몸을 행주처럼 쥐어짠다
너 처음 내게 오던 그날처럼
어김없이 꽃은 또 피어나고
올해도 한바탕 불붙고 갈
꽃송이들, 불덩이들,
이 지독한 꽃몸살

그리운 천성

만나면 입부터 벙글어지던 섭이 조카
오늘은 날 보자마자 눈물부터 흘린다
흙 파먹던 손 놓고 다 늦게 고향 뜨더니
안산 어디서 공장 산다는 소리도 들리고
중고 트럭 한 대 빌려
폐지 모으러 다닌다는 소식도 들리더니
모처럼 쉬는 날 나들이 길
왜 중앙선 너머
반대편 버스는 달려가 박았는지 몰라
순간적으로 뇌졸중이 왔다고도 하고
깜박 정신 줄 놓았다는 얘기도 있지만
일주일 지나 반쯤 정신만 돌아오고
몇 년 지나도 몸은 돌아오지 않았다
이래저래 딱한 사정을 이웃들이 알려
관에서 장애등급심사를 나왔더란다
아침부터 얼굴에 물도 찍어 바르고
죽을힘을 다해 몸도 세워 앉힌 뒤에야
판정 나온 손님들 맞았더란다

하염없이 누워 눈가만 짓무르던 몸이
손가락 꼽으라면 손가락 꼽아주고
구구단 외라면 구구단 외고 덧셈 뺄셈에
묻지도 않은 옛 동산의 추억까지
주저리주저리 기를 쓰고 답하더란다
옆에서 암만 눈치를 줘도
나 어때, 나 잘하지, 나 아직 쌩쌩하다고!
오삼춘, 오삼춘, 불러대며
몇 살이나 어린 내게도
만나면 늘 흰소리부터 날려대더니

돌부처

결혼 삼 년이 지나자
아내는 불공을 드리기 시작했다
아들이든 딸이든
자식 하나만 점지해 달라고

어느 날 꿈속에
서늘한 기운이 확 휘감아 도는
깊은 계곡을 걸어들어 가는데
검은 옷의 도인풍 사내 다가와
쓰윽 돌덩이 하나 건네는 것이었다
얼결에 받고 보니 돌부처였다
얼른 두 손으로 받쳐 들고 돌아와
동자승 같은 아들 하나 얻었는데
결혼 오 년 만이었다

커가면서 녀석은
그 꿈을 들어 가슴에 얹어놓았다
무거운 돌덩이도 되었다가
은은한 부처도 되었다가

세월아 네월아

횡단보도 건너는 바깥노인 둘
이차선 육 미터 도로를
세월아 네월아 한나절을 건넌다
속도를 멈추고 기다리는데
그제야 차를 본 영감님 하나
뒤를 향해 어여어여 팔 내두른다
손짓은 요란한데 몸은 그대로

목숨이 받쳐준다면
어김없이 또 만나야 할 모습일 터
때가 되면
한여름 노을 내리듯
나도 저렇게 저 길을 건널 것이다

쓸쓸함 뒤에 따라오는 기다림
바라느니
길어진 발걸음 따라
마음도 저리 느려질 수 있었으면

뒷북

난 화분을 정리한다
처음엔 분갈이 몇 개 생각했으나
푸른 잎은 멀쩡해 보이는데
성한 뿌리가 하나도 없다
한나절 넘게 다듬고 어루만져
겨우 건져낸 난 분이 서넛
불쑥불쑥 꽃대를 세워
온 집안을 향기로 채우던 날들은
어디로 갔나
꽃향기 따라 환하던 희소식들은
또 어디쯤 걸음을 멈추었나
사계절 내내 죽어가면서도
겨우내 밀어올린 푸른 봄 몇 점
무슨 엄살로 또 이 봄을 변명하리
하찮은 나의 뿌리여

마음의 집

한때 은빛 강물 찰랑이고
달그락달그락 수저질 소리 낭자했으리
도랑물 돌돌 돌아나가는 마당가 화단엔
분꽃 달리아 채송화 들 다투어 피고
고방 옆 양지바른 외양간엔
일찍이 대처로 떠난 누이의 피땀으로
씨암소 한 마리 그득했으리
날 새면 어머니 콩밭에 나가 엎드리고
수매 끝내고 돌아오는 아버지 손에
고등어 한 손 사탕 한 봉지 따라와
어린 새끼들도 불러 모았으리
철 따라 앵두며 자두며 복숭아 들 붉고
대처로 나간 자식들 쌍쌍이 몰려와
금모래 언덕에 하루해 들썩이던 집
새로 이은 지붕마다 가을은 내려
배고파도 좋아라 산으로 들로 내달리던
동네 강아지들을 위해
멀리서 한 걸음씩 겨울이 내리곤 했으리

강물 같은 세월에 노친네들 실려가고
지금은 골다공증 앓는 기둥에
부르르 굴삭기 소리만 흘러내리는 집
업자들 앞세운 자식들 이따금
기웃기웃 손님처럼 둘러보고 가는
그 텅 빈 집

봄 편지

혼자 살다 혼자 눈감은
가래울댁 마당에
젤 먼저 배달 나온 개나리꽃

무너진 담장에 깔려서도
이리 끙, 저리 끙,
겨우내 밀어올린 갈라진 입술

축사 문 닫아건 채
밤봇짐 싼 아들네 기다려
추적추적 짓무르던 눈가

마지막 밥숟갈 놓으면서도
끝내 놓지 못하던

저리도 환한
기다림의 뒤안길

울보 고릴라

하도 많이 울어
식도가 녹아내렸다는
못 말리던 술도 끊고 사람도 끊고
이젠 더 끊을 것도 없어
사월 팽목항 앞바다 그날 이후
끅끅 남은 울음이나 끊어 삼킨다는
전라도 장수 해발 오백 미터 골짜기
절간 같은 집 한 채 지어놓고
흐헝 흐헝
된불 맞은 짐승처럼 웅크린
고릴라를 닮은 우직한 사내 하나

소녀와 여인

암스테르담 중앙역
열대여섯이나 되었을까
하얀 피부에 반짝이는 금발을 하고
살랑살랑 주변을 맴돌며
봄바람 한 줄 불어넣더니
생글생글
어느새 플랫폼까지 따라와서는
머시라머시라 종달새처럼
뒤에 딱 붙어 차에 오르던 소녀

비 케어풀!
옆에 섰던 여인의 카랑한 외침과
벌레가 기는 듯한 허벅지의 느낌
바닥에 툭 떨어지던 지갑과 동시에
소녀의 팔목을 낚아챈 여인
체크, 체크 잇!
나는 여기저기 주머니를 확인하고
가방을 털어 보이던 소녀는

후다닥 다람쥐처럼 달아나버린다

아, 머나먼 이국땅에서 만나는
길 잃은 천사여,
정의의 여신 디케여

근이의 땀

눈물 그렁그렁
아침부터 학생부에 불려온
내 반 아이 정근이

근이 우나?
아인데예 우는 거 아인데예
그 눈물은 뭐나?

아인데예 눈물 아인데예
마음의 땀인데예!

깨끗한 돈

시 두 편 교과서에 싣자고
삼 년에 삼십만 원이나 준다고
난생처음 계약이란 걸 하자는데
이 돈 어디다 쓰나
술 사 먹기도 아까운 돈
밥 사 먹기도 아까운 돈
마누라 가방 사주기도 그렇고
아이들 신발 사주기도 그렇고
액자에 넣어 걸어두고 싶다만
아니지 아니지
돈은 돌아야 돈이고
돈은 팍팍 써야 붙는댔으니
이참에 정치후원금이나 내볼까
샘물 같은 돈
눈물 나는 돈
함부로 먹으면 배 아픈 내 돈
혹시 아나 먹통 같은 세상에
짱돌 하나 되려는지

저문다는 것

주변에 얼쩡거리는 파리 한 마리
책장에도 앉았다가
콧등에도 미끄러졌다가
손바닥을 탁 내리쳐 보고
팔을 휘휘 휘둘러도 보지만
이젠 왠지 건성건성
모기 한 마리 파리 한 마리에도
끝장을 보겠다고 달려들던 날들은
어디로 갔나
은은한 긴 그림자 온몸에 지고
느릿느릿 땅벌레 한 마리
저무는 노을 속 물들고 있다

싸우지들 말라고

도쿄 도심 한복판
한 떼의 매미들 와그르
황궁 숲 떠메고 간다
맴맴맴맴 매앰
일본 매미는
매무 매무 매무
얄밉게 울어댈 줄 알았는데
이스라엘에서도
팔레스타인에서도
한번 못 가본 저 북녘땅에서도
매미는 그냥
맴맴맴맴 매앰 울어대리라
하나같이 그렇게
목 놓아 울어대리라

4부

애덜이 젤로 무서운 거여

그때 그대로

스무 해 훌쩍 지나 시장통 걷는다
그때 그 할머니 지금도 할머니인 채
그때 그 술잔 내놓는다
그때처럼 주문하면 바로 시장 봐다가
파전 부치고 생선 굽는다
메뉴판도 인정도 그때 그대로
하긴 뭐 이십 년 세월쯤이야
저기 저 밀양상회 할매 어물전 오십 년
저기 저 시장식당 할매 국밥집 사십 년
여기저기 더하면 천 년도 훌쩍이라지
허기진 가슴들이여 이리로 오시라
먼저 가신 어매아배 장마당 나와 있고
흘러간 그때 그대로가 여기 있으니

도마질 소리

아들이 만들어준 낙지덮밥을 먹는다
엊그제는 붉은 대게죽도 해주고
청정바다 전복죽도 끓여줬다
사레들린 듯 목구멍이 싸하다

외식을 전공한 아들을 위해 엄마는
난생처음 식당 문을 열고
요식업협회 조합원이 되었다
본사에 올라가 교육도 받으면서
옛날의 자기는 죽고 새로 태어났단다

코딱지만 한 죽집 안에 널 가두려
그렇게 공부, 공부, 달달거렸나 하다가
서울서 멀쩡히 직장 잘 다니던 놈을
하는 생각도 잠시
봄 햇살 번져드는 창가에 앉아
탁탁탁 도마질 소리 듣는다
이제 곧 다투어 꽃망울 피어나리라

당부

흥얼흥얼 흥얼거리며
이웃집 젯밥 얻어먹으러 가는 길
객지살이 삼십 년에
부모 제사 한번 못 챙기고
자다 벌떡 일어나
어릴 적 그 아이로 눈 비비며 가는 길
둥글게 둘러앉은 두리반은
언제 먹어도 땡기는 고향의 밥상
밥 한 상 잘 차려먹고 돌아오며
아들아, 훗날 크게 바라는 건 없으나
지지고 볶고 둥글둥글 무쳐
기름기 잘잘 밥 한 상 차려다오
학생부군, 애비 이름 걸어놓고
동네 사람 불러 왁자지껄 먹어다오

흑백사진

산촌분교 이성팔 선생은
어느새 회갑을 훌쩍 넘긴 나이
혈혈단신 일사후퇴 따라 월남하여
어찌어찌 대학물 먹었구요
할 게 없어 선생이 되었다지만
글쎄요, 교사 생활 사십 년이니
딱히 그것만은 아니겠지요
이젠 그만둘까 싶은 생각이 들다가도
오뉴월 푸성귀 같은 아이들 보면
그게 어디 마음먹은 대로 쉽나요
그래도 채워지지 않으면 술 마셨지요
고향 생각에 한 잔
부모형제 그리움에 또 한 잔
사람들 하나 둘 떠나가고
자식들에 마나님도 등 돌렸지만
술 없으면 어찌 하룬들 살았겠어요
오늘도 한 시간 수업하고 나와
풀린 눈 가득 술 한 잔을 따릅니다

곡기 대신 쏟아부은 빈속에
찌르르 마음 금세 젖어오지만
언젠가 이 외로움 끝날 날 있겠지요
또다시 시작종이 울립니다
두 번 세 번 양치질로도
술 냄새 가실 줄 모르네요
그래도 누군가 한소리 물을라치면
애덜이 젤로 무서운 거여
웃음 한번 씨익 웃고 돌아섭니다

꽃잎이고 나비인

운동장 가득 벚눈 날리는 날
말만 한 가시내들 쏟아져 나온다
내신도 수능도 오늘은 내려놓고
선생님 사진 찍어요
선생님 꽃잎 받아요
꽃잎 열 장 받으면 소원 이뤄진대요
꽃잎 열 장 모으면 사랑 이뤄진대요
반짝반짝 꽃잎 같은 것들이
팔랑팔랑 나비 같은 것들이
꽃잎인 줄도 모르고
나비인 줄도 모르고

고향집

불 꺼진 빈방 앞을
서성이는 달그림자

나는 밀양에 사네

나는 오늘도 밀양에 사네
강산이 세 번이나 바뀌는 동안에도
해천 길 따라 일터로 가고
해천 길 따라 집으로 오네
한때는 하수구길 바람 맞으며
한밤중 술 취해 흔들리기도 하던 길
한때는 시멘트로 덮여
이 땅 오랜 숨결도 묻혀버렸던 길
어느 날 그 물길 다시 열리고
열린 하늘길 따라
이 땅의 독립열사들 살아오셨네
일찍이 어느 고을이 이러했으리
칠십 열사들 위패 모셔진 길에
오늘은 해천가 동무들 나와 앉았네
저기 저 북녘땅 피눈물로 떠돌던
약산 장군 호탕한 웃음 끼어드시네
저기 저 태항산 전투에서 산화하신
한단시 윤세주 열사도 달려오셨네

성님 내 왔수, 아이구 동생 왔나,
황상규 김대지 김병환 윤치형 정동찬
엉덩이 어깨춤 들썩이시네
밀양이 비로소 밀양이 되네
밀양 땅 천년만년 역사가 되네

고수를 만나다

한우 꽃등심 한 판 다 먹더니
암소 꽃갈빗살 사인분에
마지막이라며 석쇠불고기도 한 판
마누라는 물 건너 남쪽 나라 어디
친정이라도 갔는지 보이지 않고
오십 줄의 후줄근한 사내 하나
큰 쌈 싸 연신 노모 입에 넣어준다
두 손에 지팡이를 꼭 잡은 노친은
도리질을 치면서도 꼭꼭 받아먹는다
초등학생이나 되었을까 두 딸들은
허겁지겁 알아서 제 입 넣기 바쁜데
나는 왜 저걸 한번 못 해봤을까
우리 엄니 홀로 빈방 지키실 때
고기는 무슨, 난 됐다,던
어쩜 그 말만 그렇게 잘 들었을까
그럴 돈으로 새끼들 입이나 건사하라던
무슨 그 말만 그리도 잘 따랐을까
자꾸만 눈길 잡는 오종종한 저 사내
한 달에 딱 네 번만 문을 연다는
강호의 고깃집에서 만나는 저 고수

깜박과 의도 사이

서너 살배기 아이까지 달고 와
죽 한 대접 싹싹 비우고
포장까지 두 그릇 주문해 들고는
스리슬쩍 사라져버린 그녀

누구는 의도적으로 그랬다 하고
누구는 깜박해서 그랬다 하고
누구는 영상부터 돌려보자 하는데

계산대나 거들까 얼쩡거리던 나는
웅얼웅얼 기다려 보자고
웅얼웅얼
분명 돈 들고 다시 오지 않겠냐고

뿌린 대로

어쩌다 날려본 영어 한 토막에
중 일짜리 지지배들 넘어간다
발음 좀 봐
저 발음 좀 봐
버릇없는 손가락질 난무한다
인상 쓰자니 거시기하고
가만있자니 부글거리고
꼬시다
그때 그 선생님한테
함부로 손가락 날려댄 죄
어느새 그때 그 선생님만큼
나이 먹은 죄

월연정* 물소리

반티산 정수리 솟아난 달이
두둥, 달기둥을 세웁니다
북천 동천의 물줄기가 달을 만나
하나로 열리는 세상
달빛 물고 가는 은어 떼 속에서
당신들은 무엇을 건지셨나요
승냥이 떼에 쫓기는
이 땅의 신음 소릴 들으셨나요
고달픈 살림살이
작인들의 한숨 소릴 들으셨나요
그도 저도 아니면
술잔 들고 흥얼흥얼
음풍농월이나 건지셨나요
풀벌레 울음 쌓이는 쌍경당에 앉아
쟁쟁한 저 물소리 따라가 봅니다
오래도록 멍처럼 남아 있을
푸른 반성문 한 줄 앞에 놓고

*밀양시 용평동에 있는 조선 중종 때 문신 월연月淵 이태의 별
서

강변 연가

밀양강 물길 따라
둑 한 바퀴 도는데
강변에 나란히 앉은
영감 할멈
아무리 봐도
내외는 아닌 것 같고
별빛 무르익자
영감님 슬쩍 꺼내 든
'오 대니 보이'
하모니카 소리에 녹아
솔숲 사이
보름달 더욱 환하고
저기, 저기 좀 봐
바람도 없는데
살랑살랑 물결은 일고

오래전 그날처럼

아침 산책길에 만나 데려온 꽃
민들레 같기도 하고 꽃다지 같기도 한
이름이 뭐니 물어도 그냥
샛노란 미소만 살랑거리던 꽃
우리 집에 갈래?
대답도 하기 전에 슬쩍 힘을 주자
어느새 흰 피를 내비치며 버티던 뿌리
두고 보면 될걸
내일 또 와서 보면 될걸
금세 고개 꺾고 할딱이는 꽃송이를
기어이 화분에 옮겨 심으며
미안하다 미안하다
또다시 눈먼 욕심으로 얼룩지는 아침

반계정* 한 그루 나무 되어

어찌 흔들리지 않았으리
산 넘고 물 건너
어찌 달려가고 싶은 맘 없었으리
사직의 어지러운 발소리 들릴 때마다
글 읽은 선비의 가슴
어찌 또 이 한 몸 던지고 싶지 않았으리
사람들이여
날 산림처사라 부르지 마오
벼슬을 버려
다만 맑은 바람 한 자락 얻었을 뿐
흐르는 물소리에 귀를 씻고
천년의 반석 위에
무욕의 마음 한 자락 새겼을 뿐
나무들아 꽃들아 가난한 나의 이웃들아
나 다만 등 굽은 나무 한 그루로
그대들 곁에 서 있을 뿐

*밀양시 단장면에 있는 조선 영조 때 산림처사였던 반계盤溪
이숙의 별서

따뜻하고 유쾌하고 뭉클한 노랫가락 메들리

전영규(문학평론가)

1. 이 시집을 좀 더 맛깔나게 읽는 방법

이 시집을 읽는 독자들에게 당부하고 싶은 말이 있다. 이 시집을 조금이라도 재미있게 읽고 싶다면, 당신들이 들고 있는 스마트폰이나 노트북 전원을 켜 인터넷 유튜브 사이트에서 '씽씽(ssingssing)'이라는 퓨전 민요 밴드를 찾아보길 권한다. 그리고 그들이 부른 노래 전곡을 배경 삼아 듣거나 보면서 읽기를 권한다. 이왕이면 그들의 라이브 공연 모습이 담긴 유튜브 동영상을 권한다. 왜 이런 말을 하는지는, 그들의 라이브 공연 동영상을 본 자들이라면 분명 알게 되리라 짐작한다. 그들의 목소리와 가사의 내용, 분위기에 더욱 집중하며 시집을 읽었으면 한다. 그렇게 된다면 앞으로 읽게 될 시인의 시가 좀 더 맛깔나게 읽혀질 것이다. 왜냐하면 또 한 편의 징글맞게 웃픈 인생사가 시작되려 하기 때문이다. 첫 시집 『환한 저녁』(실천문학, 2000)에서 두 번째 시집 『단절』

95

(실천문학, 2005), 세 번째 시집 『하루만 더』(애지, 2010), 그리고 지금의 네 번째 시집에 이르기까지. 시인은 20년에 가까운 시간 동안 여전히 징글맞게 웃픈 소시민의 풍경을 꾸준하게 그려내고 있었다.

"노을진 자리마다/ 그리움으로 피어나는/ 노오란 산수유꽃"의 "환한 그리움"(「환한 저녁」)과 "갯바위에 앉아/ 하염없는 햇살"(「단절」)의 빛깔들을 감지하던 시인의 서정은, 언제부턴가 "여직 내려놓고 살지 못하는"(「하루만 더」) 사람들의 말들을 노래한다. 그가 쓴 시의 구절처럼 시인은 "영락없는 촌사람(「칭찬」)"이다. 어렸을 적 그의 모친이 했던 것처럼, 그가 사는 집에 "손님이 오면 하루만 더 자고 가라 매달"리기도 하고, 겨울 밤 막차 타는 선생께 "마실 것 두어 병 비닐 봉지째 건네"드리는 잔정 많은 따뜻한 사람이다. 이번 시집에서도 시인은 영락없이 잔정 많은 따뜻한 촌사람의 면모를 드러낸다. 남들은 별 볼 일 없기에 무심하게 넘어갈 인생의 풍경에 대해. 사는 것이 녹록지 않지만 그래도 그럭저럭 살아가는, 징글맞게 웃픈 소시민의 일상에 대해. 사람 냄새가 물씬 나는 풍경을 그려내는 시인의 시를 좀 더 맛깔나게 섞어 읽기 위해서는 그의 시와 어울리는 배경음악이 필요하다. 그래야지 잔정 많고, 따뜻하고, 여전히 영락없이

촌스런 시인의 사람 냄새 나는 분위기가 확 살아날
수 있기 때문이다. 지금부터, 그들의 음악과 함께 그
의 시를 읽는다.

2. 징글맞게 달콤쌉싸름한 인생사(with. 정선아리랑)

그저 꾸역꾸역 하루하루 견디어내면 될 줄 알았
다. 언젠가는 괜찮아지겠지, 혹은 지금보다는 나아
지리라 기대하면서. 그러나 이제 와서 되돌아보니 그
게 삶이었다. 하루하루, 꾸역꾸역 징글맞게 버티어내
는 모든 순간들이 말이다. 그 과정에서 우연인지 혹
은 필연인지도 모를, 내가 사랑하는 당신(들)을 만나
는 일. 그리고 그들과 함께 앞으로의 시간들을 살아
가는 일. 고해苦海와도 같은 세상에서 사연 없는 인간
의 삶은 없다. 돌이켜보면 회한만이 남아 있는 게 내
가 살아온 삶이다. 그러나 그 회한마저 "가장 빛나는
순간"(「아름다운 퇴장」)들로 기억하는 지점에서 시인
의 시는 시작한다. 시인은 그들의 사연들을 노래한다.
그중에서도 시인 자신의 어린 시절과 그의 가족에 관
련한 애틋한 추억에서부터 시작한다. "온몸을 날려
다섯이나 되는 새끼 고양이들이 길을 다 건널 때까지
바퀴를 막고 서 있"는 어미 고양이를 보고 "홀어미 손
으로 키워낸 우리 오 남매"(「어미」)를 생각하고, "그

우시장 근처 처마 밑에서/ 우리 모자 머리를 맞대고/ 김 나는 국밥 한 그릇 퍼먹던/ 아버지 떠나시던 그해 그 길 따라/ 어느새/ 오십여 년을 타박타박 걸어온 길"(「타박타박」)을 추억하는 장면. 혹은 이십 년 전 흘러간 그때 그대로 여기 있는 시장통 풍경 같은 것들.

스무 해 훌쩍 지나 시장통 걷는다
그때 그 할머니 지금도 할머니인 채
그때 그 술잔 내놓는다
그때처럼 주문하면 바로 시장 봐다가
파전 부치고 생선 굽는다
메뉴판도 인정도 그때 그대로
하긴 뭐 이십 년 세월쯤이야
저기 저 밀양상회 할매 어물전 오십 년
저기 저 시장식당 할매 국밥집 사십 년
여기저기 더하면 천 년도 훌쩍이라지
허기진 가슴들이여 이리로 오시라
먼저 가신 어매아배 장마당 나와 있고
흘러간 그때 그대로가 여기 있으니

-「그때 그대로」 전문

"먼저 가신 어매아배 장마당 나와 있"던 곳. 먼저 가신 그들을 그리워하는 자의 "허기진 가슴"을 채우는 곳. 시인이 기억하는 회한과 그리움의 장은 마치 어제 일처럼 생생한 장면으로 다가온다. "흘러간 그때 그대로가 여기 있"듯 지나간 회한과 그리움을 생생한 장면으로 그려내는 시인의 이면에는, 먼저 가신 그들을 추억하는 모든 이들의 허기진 가슴을 채워넣기를 바라는 의도가 담겨 있어서일 것이다. 따뜻한 인정으로 채워나갈, 사람 사는 냄새로 가득 찬 풍경 같은 것들로 말이다.

> 모처럼 쉬는 날 나들이 길
> 왜 중앙선 너머
> 반대편 버스는 달려가 박았는지 몰라
> 순간적으로 뇌졸중이 왔다고도 하고
> 깜박 정신 줄 놓았다는 애기도 있지만
> 일주일 지나 반쯤 정신만 돌아오고
> 몇 년 지나도 몸은 돌아오지 않았다
> 이래저래 딱한 사정을 이웃들이 알려
> 관에서 장애등급심사를 나왔더란다
> 아침부터 얼굴에 물도 찍어 바르고
> 죽을힘을 다해 몸도 세워 앉힌 뒤에야

판정 나온 손님들 맞았더란다
하염없이 누워 눈가만 짓무르던 몸이
손가락 꼽으라면 손가락 꼽아주고
구구단 외라면 구구단 외고 덧셈 뺄셈에
묻지도 않은 옛 동산의 추억까지
주저리주저리 기를 쓰고 답하더란다
옆에서 암만 눈치를 줘도
나 어때, 나 잘하지, 나 아직 쌩쌩하다고!
오삼춘, 오삼춘, 불러대며
몇 살이나 어린 내게도
만나면 늘 흰소리부터 날려대더니

- 「그리운 천성」 부분

그녀의 반짝이는 눈
그녀의 해맑은 웃음
그녀의 유난히 작은 키
그녀의 좁은 어깨에 매달린
세 살배기 쌍둥이 아들과
신용불량자 애기 아빠
혼자된 팔순 시어머니
누워 지내는 친정엄마

새벽까지 문 닫을 수 없는

그녀의 작은 포장마차에

늦가을이 한창이다

- 「주렁주렁」 전문

　모든 이들의 허기진 가슴을 채워넣는 시인의 언어
는, 감당하기에도 벅찬 삶의 기구崎嶇를 겪는 자들에
게까지 나아간다. 이런 장면들이 떠오른다. 첫 번째
장면. 모처럼 쉬는 어느 날, 말도 안 되는 사고를 당한
후 반신불수의 몸이 되어버린 섭이 조카아저씨. 그리
고 몇 년이 지난 어느 날, 장애등급심사를 하러 나온
자들에게 주저리주저리 기를 쓰며 죽을힘을 다해 묻
는 말에 대답하는 섭이 아저씨. 나를 보자마자 원래
도 쾌활한 성격이던 섭이 아저씨는 그날따라 나를 보
자마자 서러운 눈물부터 흘린다.

　두 번째 장면. 어느 날 나는 자주 들르는 포창마자
주인인 '그녀'의 기구한 사연을 듣는다. 새벽까지 가
게 문을 닫을 수 없는, 세 살배기 쌍둥이 엄마 그녀의
작은 포장마차에 대해. 신용불량자 애기 아빠, 혼자
된 팔순 시어머니, 누워 지내는 친정엄마 애기를 하
며 해맑은 웃음을 짓는 그녀를 보는 나. 나(시인)는

그들과 같이 아파하며 속으로 울음을 삼켰을 것이다. 시인은 그들의 삶을 통해 삶이라는 고해를 다양한 방식으로 견디어내며 살아가는 가여운 인간이라는 존재를 발견한다.

시인의 시에서 한恨의 정서가 느껴지는 건 이것 때문인지도 모른다. 그럼에도 불구하고 결국 살아가야 하는 자들이 지닌 삶의 의지에 대해. 죽지 못해 사는 게 아니라 죽을힘으로 사는 것이 삶이라는 것을 아는 인간들의 이야기에 관심을 기울이는 일. "그래서 말인데 나약한 내 팔다리도 거친 듯 부드럽고 차가운 듯 따사로운 물 한 방울 만나 갱생의 꿈 다시 솟아날 수 있다면 얼마나 좋을까"(「국숫집 앞에서」). 시인이 말하는 삶의 고해마저 가장 빛나는 순간은 바로 "갱생의 꿈"이 솟아날 것이라고 믿는 희망의 지점에서 비롯하는 게 아닌가 싶다.

반신불수가 되고 난 이후에도 나 이렇게 쌩쌩하게 살아갈 수 있다는 것을 기를 쓰고 답하는 섭이 조카의 '눈물', 쌍둥이 아들 둘을 좁은 어깨에 들쳐 메고 밤늦도록 일하는 포장마차 그녀의 해맑은 '웃음'에서 감지되는 밝은 희망처럼 말이다.

3. 마지막 길도 이랬으면 (with. 상엿소리)

그 지점에 다다르면 언젠가 다가올 죽음에 대해 생각하게 된다. 그 지점에 이르면 죽음이 생각보다 가까이에 와 있다는 것을 실감하게 된다. 살아갈 시간보다 죽음을 준비해야 할 시기. 꾸역꾸역 하루하루를 견디며, 이제는 삶의 고해마저 빛나는 회한의 순간으로 기억되는 지점에 이르렀을 때, 인간은 깨닫는다. 삶은 죽음을 향해 가는 머나먼 길이라는 것을. 어쩌면 삶은 죽음이라는 종착지를 향해 서서히 걸어가는 일과 다를 바 없는 여정일 것이다. "겁은 나지 않았다/ 마지막 길도 이랬으면"(「수술대에 누워」). 어느덧 육십이라는 나이에 이른 시인의 세월은 인생의 절반을 훌쩍 넘긴 시기에 다다랐다. 이제 시인의 언어는 삶의 마지막 길을 노래한다.

이와 관련해 이전 시집의 시편들에서 시인이 그려낸 몇 가지의 장면들을 가져와 본다. "우리 어머니/ 눈감기 사흘 전에/ 곡기 딱 끊으셨다// 몸부터 깨끗이 비워낸 뒤/ 평생의 외로움과/ 일체의 미움 다 내려놓고/ 비로소/ 깊은 단잠에 드셨다"(「아름다운 잠」, 『단절』). "어허 저기 꽃상여 하나 떠가네/ 일흔아홉 묵은 술 푸대 덜렁 얹어/ 둥둥 진달래 꽃길 돌아서

가네/ 동네 강아지처럼 채이면서도/ 깡소주 하나로 삼십 년을 버티던 동섭 씨/ — 자나 깨나 알콜에 헹궈 댔으니/ 저 몸뚱인 썩지도 않을 거라"(「저승길」, 『하루만 더』).

시인이 기억하는 그들의 마지막 길은 이토록 아름답고 애틋했다. 이번 시집에서도 그들의 마지막 길을 기억하는 시인의 애틋한 시선은 여지없이 이어진다.

나이 팔십에 여주 당숙은
다신 수술 안 받겠다 선언하고
두 해쯤 더 논에서 살다 돌아갔다
누구는 애통해하고
누구는 대단한 결단이네 평하지만
사실은 무서워서 그랬단다
얼떨결에 한번은 했지만
수술받고 깨어날 때 너무 아프더란다
이건 조카한테만 하는 얘기지만
치과도 안 가본 놈이 선뜻 따라가고
남자들 군대도
멋모를 때 한번 가는 거 아니냐고
얼떨결에 세월만 갔지 나이 먹었다고
다 깊어지는 게 아니더라고

죽을 때도 아마 그럴 거라고
얼떨결에 꼴까닥하고 말 거라고
그렇게 얼떨결을 노래하던 당숙은
내년에 뿌릴 씨앗들 골라 놓고
앞뒤 마당도 싹싹 비질해 놓고
그 길로 빈방에 들어 깊은 잠 되었다

– 「얼떨결에」 전문

여보, 락이 어매,
은행 가가 나 돈 쫌 찾아다 주소
이왕이면 빳빳한 새 놈으로
오는 길에 봉투도 몇 장 사다 주고
먼 길 달려 내 보러 온 저기 쟈들한티
인사라도 하고 싶어 안 그라나

자 그만 저물기 전에 어여들 가아
아나 여 이거 받고
내 죽었다꼬 괜히 야단들 말고
그걸로 맛있는 밥이나 한 그륵 사묵어
둘러앉아 밥 한 끼 하는 동안만
따신 밥알들맨치로 날 떠올렸다가

미련 없이 훨훨 놓아주라고

그 고모부 오늘 아침 먼 길 떠나셨다
말기 암 호스피스 병동에서의 며칠
그렇게 잘 웃더란다
이 사람 저 사람
병실에 바람만 스쳐도 벙글더란다

평생을 웃음 한 줄로 요약할 수 있다니

- 「선물」 전문

　　시인이 기억하는 그들의 마지막 모습은 이런 것이
다. "내년에 뿌릴 씨앗들 골라 놓고/ 앞뒤 마당도 싹
싹 비질해 놓고/ 그 길로 빈방에 들어" 본인이 늘 하
던 말처럼 "얼떨결에" 깊은 잠 들어버린 나이 팔십의
여주 당숙. 먼 길 달려 병문안 온 얼굴들에게, 오히려
"나 죽었다꼬 괜히 야단들 말"라는 위로와 함께, 밥값
까지 선뜻 내가며 벙글거리는 그날의 모습이 마지막
이 되어버린 고모부. 삶이 죽음을 향해 가는 머나먼
길인 것처럼, 인간의 죽음 또한 삶이라는 긴 여정의
일부에 속해 있다. 그 안에서 희로애락을 경험하는

일. 시인이 구현하는 인간의 정서가 더욱 진실하게 다가오는 건, 그들의 다사다난한 곡절曲折들을 마치 자기 일인 것처럼 마음 아파하는 시인의 마음씨 때문일 것이다.

윗집 사시던 명이 양반 오늘 새벽 농약 한 병 자셨다 팔순이 다 되도록 담배는커녕 술 한잔 입에 대지 않던 교과서 같던 양반 십여 년 전 마나님 먼저 보내고도 윤기나게 살림 챙기며 어제까지도 공사장 잡부로 팔팔하던 그 양반 무슨 말 아직 남았을까 머리맡 입술 달싹이고 선 저 그라목손 빈 병 하나 근자에 만나는 새 마나님짜리 있었다던데 불붙는 봄소식 따라 복사꽃 한 장 피었다던데 같이 늙어가는 아들 딸년 달려들어 죽어라고 막았다는 인연 앞에 보란 듯 세워놓은 저 냉가슴 하나

- 「순정」 전문

사람 일은 모르는 것이라고 할 때는 아마 명이 양반을 두고 하는 말일 것이다. 그러나 시인은 안다. 다른 이들은 모르는 명이 양반의 숨겨진 사연을. 팔순이 다 되도록 담배는커녕 술 한잔 입에 대지 않던, 십여 년 전 마나님 먼저 보내고도 윤기 나게 살림 챙기

며 어제까지도 공사장 잡부로 팔팔하던 명이 양반의
순정을. 그의 죽음이 늘그막에 찾아온 당신의 유일한
순정을 당신과 같이 늙어가는 딸년들조차 "죽어라고
막아버린" 서운함에서 비롯한 것임을 말이다. 시인이
그려내는 풍경이야말로 징글맞게 달콤쌉싸름한 인생
사다.

죽음 앞에서도 벙글거리는 웃음 지어 보일 수 있
는, 평생을 웃음 한 줄로 요약할 수 있는 그들의 삶
에 대해, 미련 없이 떠날 줄 알기에 자신의 죽음 앞
에서도 호탕하게 웃어 보이며 슬퍼하지 말라는 심심
한 위로를 건네는 자의 여유. 다가올 죽음 앞에서 곡
기마저 끊고 평생의 외로움과 일체의 미움 다 내려놓
을 줄 아는 자의 아름다움. 죽음에 대한 공포나 불안
보다는 "얼떨결에 꼴까닥"하고 말았으면 하는 유쾌한
호상好喪에 대해 생각하는 일. 시인의 시에서 감지되
는 인간 냄새나는 정서란 이런 것이다.

"옛 늙은이 하신 말씀/ 저승길이 멀다더니/ 오늘
내게 당해서는/ 대문 밖이 저승이구려/ 어차 넘차가
너너 너/ 황천길로 들어갈 제 이승길도 서른세 강/ 저
승강도 서른세 강/ 칠성강도 서른세 강/ 아흔아홉 강
건너갈 제/ 백사장 새 모래밭에/ 눈물이 앞을 가려
나 못 가겠네"(〈상엿소리〉 가사 일부). 시인이 그려내

는 그들의 마지막 길에서 고해의 곡절로 이루어진 구슬프고 정겨운 상여 가락이 들려오는 듯도 하다.

앞으로도 시인은 고해의 곡절로 이루어진 그들의 인생사를 그려낼 것이다. 고해의 곡절로 이루어져 있는 삶이기에, 죽음 또한 삶의 일부와 다름없는 여정이기에, 그리고 그들의 마지막 길을 기억하고 노래하는 일이 창부倡夫라는 또 다른 이름으로 불리는 시인의 몫이기에 말이다.

4. 따뜻하고 유쾌하고 뭉클한 노랫가락 메들리 (with. 사시랭이소리)

"그나저나 한동안 따뜻하고 유쾌하고 뭉클함만을 가슴에 품고 다녔더니 어느 순간 나도 누군가에게 따뜻하고 유쾌하고 뭉클하게 한번 살아보고 싶다는 생각이 간절히 드는 것이었다"(「따뜻하고 유쾌하고 뭉클하게」). 따뜻하고 유쾌하고 뭉클하게 한번 살아보고 싶은 시인의 간절한 소망은, 자신도 모르는 사이 따뜻하고 유쾌하고 뭉클한 시詩라는 노랫가락을 만들어낸다.

시인의 시에서는 구성진 노랫가락이 들린다. 앞에서 말한, 이 시집을 좀 더 맛깔나게 읽는 방법이란 그의 시와 찰떡같이 어울리는 '따뜻하고 유쾌하고 뭉클한' 노랫가락과 함께 듣고 보며 읽는 일이다. 그래야지만이 그가 뽑아내는 시의 가락이 좀 더 따뜻하고 유쾌하고 뭉클하게 무르익을 수 있다. 잔정 많고 촌스럽고 사람 냄새 나는 따뜻한 그의 시편들이 지닌 고유의 맛이 입맛 돋듯 확 살아나게 될 것이다.

"나는 오늘도 밀양에 사네/ 강산이 세 번이나 바뀌는 동안에도/ 해천 길 따라 일터로 가고/ 해천 길 따라 집으로 오네"(「나는 밀양에 사네」). 1994년 등단 이후 무려 25년째 접어들고 있는 시인의 길이다. 이와 함께 경남 밀양의 아름다운 풍경을 배경 삼아 아이들을 가르치는 교사의 삶을 사는 그이기도 하다. 한적한 시골 학교에서 귀여운 학생들과 함께 수업시간 교실에 들어온 청개구리를 "끼약끼약 우당탕퉁탕 난리난리" 치며 쫓아내가며(「와글와글」), "운동장 가득 벚꽃 날리는 날/ 말만 한 가시내들 쏟아져 나"오는 쉬는 시간의 풍경(「꽃잎이고 나비인」)을 흐뭇하게 바라다보며 교무실 한구석에서 시를 끄적이는 시인의 일상을 상상해본다. 그의 시에서 종종 감지되는 동화적 상상력은 여기에서 연유하는 건지도 모른다. 소박하고 담백하고 잔정 많고 눈물도 웃음도 많은 시인의 삶에서 사람의 온기가 느껴진다.

자, 어느덧 시인이 들려주는 따뜻하고 유쾌하고 뭉클한 노랫가락 메들리가 막바지에 이르렀다. 이 글의 마지막을 장식할 노래로 썽썽밴드의 '사시랭이소리'를 추천하고 싶다. 동전놀이의 일종으로 전통민속놀이 중의 하나인 사시랭이는 놀이를 할 때 모든 사람들이 떠들썩하게 노래를 부른다는 것이 특징이라고 한다. 그 떠들썩한 사람 풍경에서 시인의 시편들이 떠오른다. 그가 그토록 가슴에 품고 다닌, 따뜻하고 유쾌하고 뭉클한 시의 가락이 말이다. 앞으로도 시인의 삶은 한결같을 것이다. 아름드리 밀양의 어느 등 굽은 나무 한 그루가 되어 곡절 많은 그대들의 곁에 서 있는 것처럼.

"날 산림처사라 부르지 마오/ 벼슬을 버려/ 다만 맑은 바람 한 자락 얻었을 뿐/ 흐르는 물소리에 귀를 씻고/ 천년의 반석 위에/ 무욕의 마음 한 자락 새겼을 뿐/ 나무들아 꽃들아 가난한 나의 이웃들아/ 나 다만 등 굽은 나무 한 그루로/ 그대들 곁에 서 있을 뿐"(「반계정 한 그루 나무 되어」 중에서).

얼떨결에

2019년 6월 30일 1판 1쇄 펴냄
2020년 4월 30일 1판 3쇄 펴냄

지은이	고증식
펴낸이	김성규
책임편집	김은경 이계섭
디자인	김동선
펴낸곳	걷는사람
주소	서울 마포구 월드컵로16길 51 서교자이빌 304호
전화	02 323 2602
팩스	02 323 2603
등록	2016년 11월 18일 제25100-2016-000083호

ISBN	979-11-89128-40-1 [04810]
세트 ISBN	979-11-89128-01-2 [04810]